ESCRITORA MESTIZA

Ana Durruty

A MI VOZ, QUE ES MÍA Y DE TODOS LOS
MESTIZOS MESOAMERICANOS DE LA
GRAN AMÉRICA DEL SUR.

INTRODUCCIÓN

Muchas hermosas rosas crecen en terrenos de diferentes composiciones químicas, pero todas nos dan la fragancia exquisita y aromática. Así también, nuestra raza indígena se ha plasmado dentro de nuestra sangre, a veces en lugares insospechados, pero allí está, en su gente. Con ese horizonte de historia latinoamericana, nos propusimos, como cincuentenaria promoción de escolares del Colegio Santa Isabel de Huacayo Perú, realizar el I Conversatorio Internacional de Literatura Indigenista como un homenaje al escritor indigenista José María Arguedas que a la postre fue nuestro patrono de promoción y que fue también estudiante Isabelino.

Personalmente me encargué de convocar estrellas de la literatura latinoamericana, principalmente del eje indigenista, de países como México, Chile, Ecuador, Colombia, Bolivia, parte de Argentina y por supuesto Perú. El perfil de estos escritores debía ser aquellos que aportan o hayan aportado a la formación de la ciudadanía indigenista sobre la base de sus obras, pero también de personalidades que trascienden la literatura desde el enfoque crítico y formador de ciudadanía.

Y vaya, qué regocijo tan grande, cuando empezaron a aceptar la invitación, estas estrellas.

Comprendí entonces sí es posible construir una revolución latinoamericana, aquella que sea capaz de movilizar la ciudadanía, con el sublime convencimiento que llegar al primer mundo sí es perfectamente realizable, esto es, elevando los índices educativos, es decir realizar la revolución educativa. Una de nuestras estrellas fue la escritora Ana Victoria Durruty, a quien, por este intermedio le transmito nuestro más ferviente agradecimiento por haber contribuido al encendido de esta revolución cultural, asimismo le hago llegar el reconocimiento de las Autoridades Gubernativas, Educativas, Militares del Gobierno Regional de Junín aquí el Perú milenario, pero le traigo también el abrazo cariñoso de estudiantes, profesores, padres de familia y millares de egresados del Colegio Santa Isabel de Huancayo.

Las tres presentaciones de nuestra estrella literaria puedo resumirlos en: "Identificación valerosa".

Identificación, porque alude a sus genes humana como porcentaje del caudal ancestral, descrito como el manjar que nutre su español procedencia y hasta coloca un confite dulce con el quechua: Su "Piunkiñú".

Valerosa, porque se abre al debate, cual gladiadora, contra muchos prejuicios, discriminación y malos entendidos cuando se habla de indigenismo. Lo hace desde un balcón universal, donde es posible sustentar los vértices de una figura emblemática en el espacio de la literatura.

Ubicado desde la palestra, voy a permitirme opinar sobre su primera intervención, ocurrida el día 14 de noviembre de 2022, donde nos habla del comparativo entre "Los Ríos Profundos" de José María Arguedas y su rugiente obra "El Sueño de la Leona". Comenzaré expresando mis disculpas culturales, pues no soy precisamente literato, pero sí algo de escritor primerizo, soy ingeniero de minas que durante treinta años he absorbido la experiencia de la cultura de muchos pueblos mineros y no mineros en la zona central del Perú, donde se cobijan las principales minas antiguas desde el incanato hasta ahora mismo, de los cuales ha recopilado cuentos, poesías, cantos que están vertidos en mi obra "Minería en el paraíso".

Escuchar a Ana, sopesando los puntos de contacto entre la obra de José María y de ella, uno es un privilegiado oyente, como lo fueron los miles de oyentes de Latinoamérica que siguieron este Conversatorio. Por ejemplo, sujeta en un espacio la palabra desolación, como aquella coincidencia mágica de creación del escritor, en medio de una naturaleza salvaje tanto en los "Los Ríos Profundos" como en el "El Sueño de la Leona", donde es posible que las palabras, cual herramientas divinas, pueden hacer que las rocas hablen, que incluso las lágrimas metálicas de mujeres representen no solo soledad y pasiones, sino que nos llevan a una cosmovisión hermosa de la naturaleza.

Ambas obras, son el manifiesto de lo inconmensurable que puede ser la imaginación construida con las palabras, así como nos demuestran tanto Ana como José María en varios pasajes de sus obras, blandiendo a cada instante, el sobreponerse a lo incierto o la maldad, mostrando triunfante al espíritu humano.

No puedo dejar de lado, sus ultimas palabras de este día, cuando hace eco a la necesidad de tender puentes mas estables y hermosos entre nuestros dos países, de cara a un futuro más próspero, que acuñó con su muy acertada lectura en quechua.

Su tema "17 por ciento de sangre mesoamericana o los mestizos en Chile. El problema nuevo de quienes son o no indígenas"; en el día 15 de noviembre, Ana nos sigue asombrando con su análisis desgarrador entre ser y no ser. Escuchar su poema "17 por ciento", con que inicia esta conversación, hace evidente su despertar por describir y acaso contribuir con un canto melancólico sobre como la sangre mesoamericana se encuentra regada a lo largo de la América, pero no solo eso, su poesía expresa el compromiso, ahora más fuerte que nunca, con las palabras en su afán de expresar la magia que ocurre en los tierras allende los páramos, desiertos o valles, donde le canta a la naturaleza, ahora ya con mas color y sabor cuando el lenguaje del silencio como el rey que habita por allí.

En otra parte de su conversación, nos ilustra diciendo que, sí existe ritmo y silencio en la naturaleza, que hay ritmo en el aire que abraza las montañas, donde es posible darles también ritmo y cadencia a las palabras.

Saberse que es 14,6 por ciento de indígena, convierte a nuestra escritora en un descubrimiento triunfante, aunque pregunta qué es mestizaje o indigenismo. Sea cual sea la definición de aquello, no necesariamente convertirá a su literatura en indígena, porque es consciente que esta en la vertiente del realismo mágico, pero también reconoce la hipersensibilidad de la realidad, donde se mezcla el sabor, olor, y otras sensaciones, haciendo su literatura más exquisita.

Finalmente, el día 16 de noviembre, nuestra escritora Ana, se explaya sobre el temario "Barroquismo y cosmovisión latinoamericana", para luego en la parte final nos lee su cuento creado para el encuentro en este contexto "Piunkiñú".

Aquí debo hacer énfasis en la denominación que Ana define a la literatura que tiene una cosmovisión latinoamericana. Ella asigna a este tipo de literatura hiperrealismo, donde hace alusión a la literatura de José María como de imperfecta. Creo entender que efectivamente no hay literatura indígena puramente basado en la ficción, sino que esta sustentada estrictamente en realidades, porque si fuera solo ficción, digo yo, efectivamente hubieran pasado a la historia sin mucha contemplación. De acuerdo con Ana. Lo importante es crear una buena literatura y si es con corte indígena, bueno ahí estará el mestizaje, afirma.

Cuando Ana lee su cuento, preparado especialmente para este Conversatorio, me produce una nostalgia profunda. Como Piunkiñú, puede sobrevivir a su vivencia con muchas interrogantes, sobre todo al lado de una creadora sublime de arte como la literatura, quizá sería porque en la literatura hay realidades sobrepuestas a irrealidades, como saberse indígena pero no del todo, esa conlleva a otro espacio tiempo, donde las altas cumbres de nuestros pueblos andinos no tardarán en responderle, que hay influencia barroca en nuestra literatura mestiza.

Quiero finalizar, reiterando nuestro profundo agradecimiento a Ana Victoria Durruty, por su valioso aporte a la literatura, en este I Conversatorio y cuyas conclusiones, así como recomendaciones, estamos comprometidos en llevar a los pueblos latinoamericanos, seguramente con un libro que describirá con mayor amplitud, la dimensión que hemos logrado alcanzar con este evento.

JOSÉ LUIS LIMAYMATA

ESCRITORA 14,6 POR CIENTO INDÍGENA

Durante el año 2022 fui desafiada a plantearme el tema del indigenismo, a partir de la figura del escritor peruano José María Arguedas. Partí por buscar sus obras en diferentes librerías de Santiago de Chile. Continué con la respectiva lectura en aviones, aeropuertos y lugares tan diferentes del planeta como San Antonio, Texas, Bilbao, España, Londres, Inglaterra o San Miguel de Allende, México. Lectura subrayada para efectos prácticos. Y terminé intentando responder grandes preguntas de fondo en tres presentaciones.

Los trabajos fueron elaborados para ser expuestos en el Primer Conservatorio Internacional de Literatura Indigenista José María Arguedas, organizado por la promoción 1972 de la unidad escolar Santa Isabel de Huancayo en noviembre de 2022.

El lunes 14 realicé mi primera presentación en este seminario *online* desde Vicuña, en el Valle del Esquí. El martes 15 me conecté a Zoom desde La Serena, capital de la región de Coquimbo, Chile. Y finalmente, el miércoles 16, hablé sentada en el comedor de unos tíos muy queridos en Tongoy, balneario de tantos recuerdos de verano en mi juventud.

Estas tres presentaciones abordan temas relevantes de la perspectiva indigenista en mis obra y las raíces que se hunden en la sangre ancestral de los pueblos originarios de Mesoamérica, de la que soy heredera gracias a un glorioso 14,6 por ciento según lo prueban los test genéticos.

Empero, este trabajo que me tomó mucho más tiempo del esperado y me llevó a profundas reflexiones que no había abordado antes en mi vida ni personal ni tampoco como escritora, ha gatillo una enorme gratificación.

Por eso, me ha parecido apropiado reunir estos tres trabajos en este libro que he titulado con mucha alegría "Escritora Mestiza".

Espero que los lectores disfruten el producto, del mismo modo que yo he gozado el proceso de asumir la influencia inconsciente que vincula a los americanos con lo ancestral e impregna el devenir de nuestras vidas y nuestras obras. Y que en el futuro próximo puedan también encontrar gozo en la lectura de mis próximas obras, en algunas de las cuales la opción por lo mestizo y lo indigenista ya no es es más meramente inconsciente, sino que se vuelve conciencia. Conciencia plena.

Parte de esta nueva perspectiva queda plasmada en un poema titulado "17 por ciento" en que realizo una alegoría de la influencia de la sangre mesoamericana en la obra literaria, y en un cuento preparado para este seminario internacional e incluido en la tercera ponencia y que he denominado "Piunkiñú", donde apunto a cierto imaginario, pero sobretodo a la influencia barroca en la escritura indigenista, que yo he optado por denominar "mestiza" para efectos de mi propia obra. Es decir una influencia de lo indígena que se vierte en un estilo literario mestizo.

ANA VICTORIA DURRUTY CORRAL
Londres, noviembre 20 de 2022

PRIMERA PONENCIA[1]

Comparativo entre "Los Ríos Profundos" y "El Sueño de la leona".

Ríos y Leonas

Ambicioso y probablemente desproporcionado, este intento de realizar una comparación entre una obra del gran José Miguel Arguedas, con mi primera novela —obra por lo demás tardía, escrita en la madurez de los 50 años de edad— solo nace como un también probablemente pobre esfuerzo por homenajear a este gran escritor peruano. Pero asimismo, no puedo ocultar, que algo profundo, como los ríos altiplánicos que recorren nuestra América ancestral, ha agitado la sangre mesoamericana que recorre mis venas al leer la novela "Los ríos profundos" de Arguedas y me ha permitido ver

---

[1] Primer Conservatorio Internacional de Literatura Indigenista José María Arguedas. 14 de noviembre de 2022.

con nuevos ojos mi propia escritura tanto en mi novela "El sueño de la leona" como en el conjunto de mi obra.

Debo hacer una advertencia casi de partida: este comparativo está realizado desde mi perspectiva de escritora, como creadora de obra literaria. No enfrento esta labor ni como experta en análisis literario, ni tampoco como antropóloga o socióloga. Dejo ese desafío a quienes quieran abordarlo desde sus áreas de experticia.

La Primacía de la Palabra

En la obra de Arguedas la palabra brilla. Reluce. No podría aventurar si con la incorporación del ritmo del quechua a la escritura del autor, esas palabras que evidentemente son en castellano, adquieren nueva vibración. Seguro ya ha de haber muchos estudios sobre esto. Pero yo soy una simple escritora. Y como tal mi gozo está en la palabra. Y la palabra reluce en cada párrafo de "Los ríos profundos", donde la piedra es:

"*Piedra de sangre*"[2].

2 Arguedas, José María, *Los ríos profundos*, Alianza Editorial, Madrid, 1987, Pág. 11.

El capítulo seis de mi obra "El sueño de la leona" se titula "Victoria nació bañada en sangre"[3], y como toda la novela, la palabra cobra vigor por la intención de dotarla de   fuerza visual. Donde el lector puede encontrar el relato de *"un secreto a voces, pero sin escándalo[4]"*:

> *"Porque, si algo unía más a doña Victoria y don Agapito que su desbordada pasión sin amor, era la maldad del corazón"[5].*

La creación de la realidad mediante la palabra. La búsqueda de la palabra para construir, de alguna manera, esa realidad que en este proceso adquiere una nueva dimensión. Ese es el desafío de todo escritor. Un desafío aspiracional en mi caso y ampliamente logrado en este escritor peruano. Porque como se autoimpone el mismo Arguedas, *"yo había de echar aún más fuego en las palabras"[6].*

[3] Durruty, Ana, *El sueño de la leona*, Chile, 2018, página 103.

[4] *Ibid.*

[5] *Ibid.*

[6] *José María Arguedas, Vida y Obras*, Grupo Editorial Norma, pág. 33.

También encontramos en estas obras la búsqueda de la belleza dibujada con palabras. Y, entonces, el milagro de la belleza revelada gracias a la maestría del escritor peruano:

"En el cielo brillaban nubes metálicas como grandes campos de miel"[7].

La belleza sublime de la palabra en las manos de Arguedas, que revela que en "Los ríos profundos", *"las nubes iban quemándose en llamas"*[8].

La belleza de *"un mar calmo, como un tazón de acero líquido"*[9], en "El sueño de la leona". Pero una belleza de la palabra que en la misma obra cruza los cánones establecidos para regocijarse en sí misma en "El sueño de la leona":

"Escupía las palabras como gusanos indiscretos que perturbaban sus sentidos y

---

[7] Arguedas, op. cit., pág. 109.

[8] *Ibid*, pág. 169.

[9] *Ibid*, pág. 17.

alrededor quedaban esparcidos los salivazos de salmuera, rojizos sobre la tierra"[10].

La misma sangre de "ese millón de hombres"[11] que en las páginas profundas de Arguedas puede "correr y salpicar, y formar espuma como un río"[12].

La Naturaleza Salvaje

De una manera misteriosa, aunque no tanto para el habitante de las zonas montañosas de Los Andes, esa naturaleza salvaje, además de tener espíritu propio adquiere unidad con el cuerpo humano. Así la obra de Arguedas convierte lo propio de la tierra y la naturaleza en lo propio del hombre que habita en territorio: más propiamente dicho, del hombre indígena.

"Los árboles y las yerbas parecían témpanos rígidos: el aire mismo adquirió una especie de

---

[10] Durruty, *op. cit.*, pág. 116.

[11] Arguedas, *op. cit.* pág. 183.

[12] *Ibid.*

sólida transparencia. Mi corazón latía como dentro de una cavidad luminosa"[13].

La fuerza de esta naturaleza es implacable y penetra y atraviesa lo humano:

"Yo quedé fuera del círculo, mirándolos, como quien contempla pasar la creciente de esos ríos andinos de régimen imprevisible: tan secos, tan pedregosos, tan humildes y vacíos durante años, y en algún verano entoldado, al precipitarse las nubes, se hinchan de un agua salpican, y se hacen profundos: detienen al transeúnte, despiertan en su corazón y su mente meditaciones y temores desconocidos"[14].

Resulta imposible eludir la referencia al alma del hombre americano... calmo... silencioso... hasta que un día vierte la existencia toda con pasión o furia desatada bajo ese "cielo todo ardiendo"[15] sobre la cabeza.

---

[13] Arguedas, op. cit., pág. 36.

[14] *Ibid.*, pág. 114.

[15] *Ibid.*, pág. 183.

La naturaleza salvaje, que puede ser benigna o cruel, tiene un correlato con lo humano. En la novela de Arguedas la bondad natural del protagonista se estremece ante diversos escenarios de abuso y dolor animal y humano. Pero también la obra narra innumerables aberraciones llenas de rencor, odio y discriminación.

Asimismo "El sueño de la leona", abarca un abanico enorme de tipos humanos, desde ángeles hasta demonios:

> *"Trece hijos más tarde Amanda, que nunca amó a nadie como creyó amar a Jacinto, lo asesinó después del parto de su esperado heredero varón, eliminando a ese hombre de pene pequeño, pero espeluznantemente fértil"*[16].

La Naturaleza Domada

La majestuosidad de la naturaleza salvaje no da cabida a un despliegue de la naturaleza domada,

---

[16] Durruty, *op. cit.*, pág. 119.

aquella que el europeo planta en los patios de las casas que construye en su proceso de conquista del territorio americano. Aquí, en las alturas de Los Andes, esta naturaleza que también podemos llamar trasplantada, es una naturaleza infeliz. Nos cuenta Arguedas:

"Un árbol de cedrón perfumaba el patio, a pesar de que era bajo y de ramas escuálidas. El pequeño árbol mostraba trozos blancos en el tallo; los niños debían de martirizarlo"[17].

Esta naturaleza desarraigada, a veces traída desde otras latitudes, obviamente no es una naturaleza feliz, aunque busque proveer a los habitantes de estas antiguas casonas de una aliento de otros mundos, donde probablemente hay más evocaciones de felicidad.

Así vemos en el "El sueño de la leona" que:

"El patio principal era refugio y solaz, donde los niños jugaban sin temor, protegidos por las hortensias rosadas, los heliótropos

---

[17] Arguedas, *op. cit.* pág. 9.

fragantes y algunas varas de fresias rústicas, cobijadas bajo una escuálida magnolia de carnosas flores blancas. A todas luces era una sobreviviente de mejores épocas y había hecho un esfuerzo no recompensando por adaptarse al clima adverso" [18].

La obra de Arguedas y mi novela manifiestan ese triunfo de lo arcaico sobre lo nuevo. De lo salvaje sobre el hombre que intenta dominar:

"(...)bajo la tierra del cementerio cuya superficie está agrietada por los varios años de falta de lluvias, y sobre la cual las telas de araña de campo, tejieron un blando colchón de miseria y abandono" [19].

La Desolación

Tal vez debería hablar de soledad, pero me quedaría corta y el resultado sería pobre. Porque lo que recorre la obra de Arguedas, y modestamente, la mía, es verdadera desolación.

---

[18] Durruty, *op. cit.*, pág. 15.

[19] *Ibid.*, pág. 117.

Desolación que para mí es equivalente a la devastación del alma humana por la soledad del territorio, que sobrecoge el espíritu y lo enfrenta a su pequeñez ante la magnitud de las montañas majestuosas y los cielos infinitos.

Volviendo a nuestra naturaleza domada, Arguedas lleva la desolación del espíritu humano a esa naturaleza también: *"Pero el más desdichado de todos los que vivían allí debía ser el árbol de cedrón"*[20]. El más desdichado, entonces, no era un humano pobre y torturado, que los había en el lugar según nos cuenta el mismo Arguedas… sino un árbol que usualmente es bello en su fragilidad aromática.

Ya en la primera aproximación a las tierras altas, en "El sueño de la leona" prima la desolación:

"A medida que avanzan, abandonan las planicies y comienzan a enfrentar las dificultades de la áspera ruta que asciende sin claudicar, y obliga a las bestias a forzar la marcha.

---

[20] Arguedas, *op. cit.*, pág. 21.

"La caravana se aleja de la bruma dirigiéndose a los valles soleados del interior. Abandonan la costa guiados por el astro rey, pero la esperanza es efímera. En al tierra de destino, los días serán más soleados pero no más felices"[21].

Y por momentos esta desolación, volviendo a Arguedas, no solo parece hermosa, sino que resulta hasta deseable. Requisito de o para algo:

"Luego regresaba a mi casa, despacio, pensando con lucidez en el tiempo en que alcanzaría la edad y la decisión necesarias para acercarme a una mujer hermosa: tanto más bella si vivía en pueblos hostiles"[22].

Es un adolescente quien nos habla, todavía casi un niño y ya su alma ha sido capturado por la desolación de las montañas altiplánicas. Ya su corazón vuela con la ansiedad solitaria del cóndor en las alturas imposibles de Los Andes.

---

[21] Durruty, *op. cit.*, pág. 14.

[22] Arguedas, *op. cit.* pág. 33.

"Después de oírle nos íbamos a la cama como a un abismo helado, a temblar"[23].

La cama, el refugio cálido del reposo por excelencia, no lo es en estas alturas de las soledades del espíritu.

La manera en que influye el sentido del tiempo en las sensaciones, en especial en la percepción del tiempo, adquiere relevancia en lugares en que a veces da la impresión de que de hecho el tiempo parece detenido, y con el tiempo, permanecen detenidos la historia, el devenir de los pueblos, las vidas individuales sumergidas en la masa que se diluye en la gran historia humana:

Así, *"nosotros seguimos viaje con una lentitud inagotable"*[24]. Una lentitud que no se agota. No tiene fin.

Del mismo modo la muerte es bella. Incluso más bella que la vida. Sixtina, la segunda de las

---

23 *Ibid.* pág. 183.

24 *Ibid.*, pág. 37.

mujeres de "El sueño de la leona" ha muerto tras un parto que la desangra:

"Han lavado los cabellos de la difunta con pulpa del fruto de los cactus y le han puesto el vestido que usó el día de su boda. Sixtina es más bella muerta que viva"[25].

Poco después, otra de las mujeres protagonistas de mi novela, Amanda,

"comprendería que con el vuelo atolondrado de los tordos, huyó para siempre, sin retorno y sin destino, algo bueno que le quedaba en el fondo del alma"[26].

Pero claro, en estos territorios literarios, la desolación se manifiesta porque es un tipo de muerte que antecede a la muerte.

---

[25] Durruty, *op.cit.*, pág. 45.

[26] *Ibid.*, pág. 112.

"—Cuando se es niño y se oye llorar así (…) como una noche sin salida ahoga el corazón: lo ahoga, lo oprime para siempre"[27].

Para siempre, por siempre, vaga el alma desolada, aún antes de la muerte, *"donde los pájaros son alegres y dichosos, más que en ninguna otra región del mundo (…) ¿Quién puede señalar los límites que median entre lo heroico y el hielo de la gran tristeza?"*[28], nos dice Arguedas.

Lo Exacerbación de los Sentidos

En este escenario desolado, del hombre dentro de sí mismo y abierto como una llaga ante la naturaleza, los sentidos no pueden sino estar exacerbados.

"Mi corazón sangraba a torrentes. Una sangre dichosa que se derramaba libremente en aquel hermoso día en que la muerte, si

---

[27] Arguedas, *op.cit.* pág. 161.

[28] *Ibid.*, pág. 189.

llegaba, habría sido transfigurada, convertida en triunfal estrella"[29].

Cada sentido cobra relevancia porque es a través de ellos que la literatura adopta colores, olores, texturas, sonidos, sabores...

"Sus dedos eran largos y dejaban una sensación de suavidad que perduraba"[30].

Por esta vía de los sentidos descarnados, la narrativa adquiere el lirismo de la poesía:

"En ese momento prendieron el alumbrado eléctrico: unos focos rojizos, débiles, que no servían sino para marcar la sombra de las cosas"[31].

Por lo pronto en esta obra de Arguedas el oído tiene primacía a través de la música, porque lo dice el protagonista de manera irrefutable:

---

[29] *Ibid.*, pág. 110.

[30] Ibid., pág. 116.

[31] *Ibid.*, pág. 147.

"Mientras oía su canto, que es seguramente, la materia de que estoy hecho"[32].

Ni más ni menos: la materia de la que está hecho el niño-adolescente…

La música lo lleva y lo trae por la vida de adolescente desorientado, muchas veces lo guía e, incluso, lo subyuga porque *"en esa plaza caldeada, el saxofón tan intensamente plateado, cantaba como si fuera el heraldo del sol"*[33], debido a que en esos parajes, de muchos modos, cuando no reinaba el silencio de la melancolía, *"todo estaba encantado por la música"*[34].

Pero aunque el oído predomine, cada uno de los sentidos hace su contribución a la construcción de la realidad súper sensible de la obra literaria, de Arguedas.

---

[32] *Ibid.*, pág. 164.

[33] *Ibid.* pág. 176.

[34] *Ibid.*, pág. 177.

"El olor de los caballos nos daba alegría"[35], y como la alegría no abunda en las páginas de estos ríos profundos, ese aroma caballar reverbera aún mas profundo.

En la novela "El sueño de la leona" el sentido predominante es precisamente el olfato, que es usado para mostrar la realidad desde una perspectiva hipersensible que abarca todos los sentidos.

> *"En las antípodas del mundo, en la Hacienda de San Agustín, a la vuelta del tiempo, el olor de los alhelíes de la sucesión funeraria de sus descendientes, impregnaba las cortinas verdes de terciopelo chifón de la casa patronal"*[36].

"El sueño de la leona" atraviesa doce generaciones desde 1690 hasta nuestros días. Así el relato aborda la vida de estas doce mujeres, y también sus muertes. Cuando llega el fin de los días de Rosario

---

[35] *Ibid.*, pág. 27.

[36] Durruty, *op. cit.*, pág. 86.

"(...) la seda gruesa (del mantón de Manila) no tapaba el hedor que iba mucho más allá de la muerte, y evocaba la costumbre de la occisa Rosario de no lavar su humanidad, como demostración de pobreza y pudor, muriendo así efectivamente en olor de santidad" [37].

Así en ambas novelas la desolación va acompañada de esta especial y profunda sensibilidad.

"Ningún pensamiento, ningún recuerdo podía llegar hasta el aislamiento mortal en que durante ese tiempo me separaba del mundo. Yo que sentía tan mío aun lo ajeno" [38].

¿Es el alma solitaria la que proyecta la sombra de la desolación sobre el entorno? ¿O es ese entorno de montañas y cielos el que se apropia de las emociones del humano, infante, adolescente y adulto?

---

[37] *Ibid.*, pág. 102.

[38] Arguedas, op. cit., pág. 68.

La autopercepción o autoconciencia no puede eludir esa inconsistencia entre la fuerza del espíritu libre e indómito y la lentitud del cuerpo con la barrera de la piel y sometido al tiempo y el espacio, condenado a morir:

"Me eché a correr, dejándolos solos: la velocidad de mi carrera era nada, menos que nada para el impulso que llevaba dentro"[39].

En ese mundo de desolaciones, con los sentido a flor de piel (o desnudos a los ojos del alma), no pueden sino ir a la deriva hasta encontrar el puerto lleno de promesas e incertezas de lo real maravilloso.

La Magia o lo Maravilloso

"—Cantan de noche las piedras?
—Es posible"[40].

---

[39] *Ibid.* pág. 181.

[40] *Ibid.*, pág. 15.

Y claro es posible. Del todo posible. Para quienes viven en las montañas es no solo posible, es real. Tal cual lo plasma Arguedas.

> "(...) y si alguien hubiera cantado con hermosa voz, allí, las piedras habrían repetido con tono perfecto, idéntico, la música"[41].

En este universo las águilas "bebían la luz"[42] y lo siguen haciendo, porque es lo propio de su naturaleza.

En este mismo universo, ahora en mi novela "El sueño de la leona", el cielo "llora lágrimas de Dios, doradas y luminosas"[43] y todo es posible si se abren u poco (o mucho) las puertas de la imaginación:

> "Junto con la pasión carnal de sus amos, la tierra y los cultivos tuvieron un extraordinario tiempo de feracidad (...)

---

41 *Ibid.*, pág. 17.

42 *Ibid.*

43 Durruty, *op. cit.*, pág. 69.

"La armonía de los cuerpos siguiendo el ritmo de los instintos de supervivencia, estableció un pacto primario, de exuberancia vital con los ciclos de la naturaleza[44].

Este vinculo entre el hombre y la naturaleza que en la alturas de Los Andes se siente tan próximo, encuentra un canal de expresión a través de lo maravilloso:

"¿Tu sangra acaso no es agua? Por ahí le habla al alma, el agua, que siempre existe bajo la tierra?"[45].

"—¿Adónde irá LLeras? —dije a Antero—. Si pasa por las orillas del Apurímac, en la Quebrada Honda el sol lo derretirá; su cuerpo chorreará del lomo del caballo, como si fuera de cera"[46].

La belleza de las imágenes de Arguedas obliga al lector a detenerse. Es un regalo que nos saca del

---

[44] *Ibid.*, pág. 107.

[45]Arguedas, *op. cit.*, pág. 152.

[46] *Ibid.*, pág. 159.

mero relato de la historia y nos sumerge en la magia de la creación del escritor.

Cuando leemos "(...) *su voz algo ronquita, quizá por la humedad y la belleza de los inviernos*"[47], nuestra mente no puede sino detenerse. Parar para degustar mejor esa frase imposible, pero mágicamente real. Ninguna *"belleza de los inviernos"* puede volver ronca una voz... ¿o será que sí puede?...

Cosmovisión

"Puede que Dios viva mejor en esta plaza, porque es el centro del mundo, elegida por el Inca. No es cierto que la tierra sea redonda. Es larga, acuérdate, hijo, que hemos andado siempre a lo ancho y a lo largo del mundo"[48] —narra Arguedas.

En esta cosmovisión, donde la Tierra adquiere las dimensiones de la mente, irrumpen los símbolos del cristianismo. Así en "Los ríos profundos"

---

47 *Ibid.*, pág. 179.

48 *Ibid.*, pág. 16.

"—El oro que doña María Angola entregó para que fundieran la campana, ¿fueron joyas?"[49].

Mientras, 2 mil 554 kilómetros rumbo al sur, Doña Aurelia, la cuarta de las mujeres de "El sueño de la leona" ha muerto... Corre 1790 en un pueblo casi recién fundado en las montañas chilenas...

"Muchos años antes (...) la señora de la hacienda cercana entrevió en la imaginación la magnífica campana de bronce, que don Segundo (el marido) hubo de conseguir. La encargó a la lejana Italia, luego debió bregar por el transporte a ultramar y, finalmente, financiar las carretas desde Valparaíso hasta la cordillera. Todo ello sin sospechar que su plañidero llanto metálico iba a acompañar el sepelio de la bella amada y que el luto sería marcado por el eco de las más claras y brillantes campanas que alguien pudiera desear"[50].

[49] *Ibid.*, pág. 19.

[50] Durruty, *op. cit.*, pág. 81.

La cosmovisión que incorpora lo cristiano, une a los pueblos en las alturas, como si nunca hubieran existido estados ni divisiones. Sin fronteras, en los albores del siglo XVIII:

> *"Una pequeña Virgen policromada (...) elaborada en el Cusco y transportada por unos curas desde el Alto Perú, acompañará a la joven en su sueño eterno.*
> *"La lápida de doña Sixtina queda al lado derecho del altar y permanecerá ahí lo más cerca de Dios que en la Tierra se puede estar"*[51].

En esta cosmovisión la muerte pone el orden final a los días en esta tierra de contrastes.

Dice Arguedas:

> *"Del LLeras sabía que sus huesos, convertidos ya en fétido materia, y su carne, habrían sido arrinconados por el agua del gran río (...) en alguna orilla fangosa donde lombrices*

---

[51] *Ibid.*, pág. 46.

endemoniadas, de colores, pulularían devorándolo"[52].

Digo en "El sueño de la leona":

"*Las mujeres se deshicieron del cuerpo en medio de la noche, con unas pocas monedas para comprar el silencio de un par de pescadores que lo abandonaron en la desembocadura del cauce que desagua en la Playa Changa, entre restos de pescados y conchas. Allí lo encontraron al día siguiente, con las cuencas de los ojos vacías y los genitales desgarrados por las gaviotas madrugadoras*"[53].

Otros Estilos Literarios

Poseía y canto. Es imposible no incorporar estos recursos en la obra literaria que aspira a dar cuenta de la realidad en Latinoamérica. Así encontramos de la mano de Arguedas numerosos

---

[52] Arguedas, *op. cit.*, pág. 207.

[53] Durruty, *op, cit.*, pág. 120.

registros de canciones tradicionales, en castellano y su respectiva traducción al quechua.

"Mariposa manchada,
No llores todavía,
Aún estoy vivo,
He de volver a ti
(...)
No es tiempo de llorar,
Mariposa manchada.

"Muru pillpintucha
Amarak wak'aychu
K'ausak'rak'mi kani
Kutipamusk'aykin
(...)
Amarak'wak'aychu
Muru pillpintucha"[54].

La integración a la novela de otros lenguajes literarios para dar cuenta de esta realidad también se da en "El sueño de la leona", donde poemas y cánticos están presentes, aunque con menos frecuencia:

<hr>

[54] Arguedas, *op. cit.*, pág. 187.

"Estaba doña Remigia,
Desnuda como la Aurora,
Vistiendo pa'solterona
De hacienda pobretona.

Leoncia la vio bella
Como una estrella marchita
Y se alegró su corazón
De hombre y de mujer también.

(…)
Si aguaitas entre los valles
Verás sus rostros fundidos
En cobre y greda queda
Por lo que podía ser,
Y fue"[55].

Verosimilud Histórica

En el entendido que la obra literaria de Arguedas, y la mía para efectos de este comparativo, son en efecto obras de ficción literaria, es decir creaciones propias de la imaginación del autor, también contemplamos que cada creador

---

[55] Durruty, *op. cit.* pág. 133.

enfrentado al desafío de otorgar vida y credibilidad en el mundo de la no ficción, aquel en que reside el lector, trae a colación en el relato, hechos históricos reales que proporcionan esa necesaria o deseada sensación de que lo que se lee es real y no ficción.

Aun a riesgo de generar un poco de polémica he decidido traer a colación la histórica rivalidad entre Perú y Chile. No por querer evitar el tema, este dejará de ser menos real. Pero si lo abordamos con naturalidad, tal vez desde la literatura contribuyamos a hacer menores las distancias entre dos pueblos hermanos, que tanto tenemos en común y tanto nos apreciamos mutuamente…

> "*Los sermones patrióticos del Padre Director se realizaban en la práctica: bandas de alumnos 'peruanos' y 'chilenos' luchábamos allí*"[56].

La narrativa tiene correlación en "El sueño de la leona" con aquel marido de Elisa una de las

---

56 Arguedas, *op. cit.*, pág. 54.

protagonistas de la saga, que no vuelve de la Guerra del Pacífico[57]. Este constituye un punto de inflexión en la novela y la familia se ve obligada a abandonar sus heredades y mudarse a vivir modestamente a una ciudad nueva, la cerca de medio siglo antes recién fundada ciudad de Ovalle, capital del Valle del Limarí en el norte de Chile[58].

La Presencia de lo Indígena

No es el propósito de este trabajo abordar qué es el indigenismo. Ni el modo en que obviamente la obra de Arguedas busca esa identidad. En los siguientes trabajos de este seminario[59], expondré sobre el modo en que lo propiamente indígena que tenemos en la sangre y la experiencia ancestral andina, condiciona nuestra obra y nos orienta a la similitud en aspectos como los abordados en el presente trabajo en los puntos anteriores.

---

[57] Durruty, *op. cit.* págs. 137 y 138.

[58] Nací en Ovalle, Chile, un 18 de abril de 1962, y esta ciudad está presente en mi obra literaria y, como en esta oportunidad, no pierdo oportunidad de mencionarla, como un tributo a mis orígenes provincianos en un lugar remoto entre cerros perdidos en el fin del mundo.

[59] Incluidos a continuación en este libro.

En este comparativo que aborda dos obras propiamente sudamericanas y altiplánicas, es necesario dejar establecido que más allá de los señalado en el párrafo anterior, una diferencia radical entre ambas obras es la presencia explícita del indígena, que en la obra de Arguedas es obviamente inherente al total de la novela "Los ríos profundos" (como lo es a toda su obra), y en mi novela en análisis, es acotada a periodos y espacios.

En una primera aproximación desde una mirada que busca la presencia del indígena en "El sueño de la leona" existen acercamientos que deseo poner de relieve, como la presencia de personas pertenecientes a los pueblos originarios, incluyendo a una misteriosa princesa diaguita.

Con el avance del tiempo, encontramos un homenaje al pueblo mapuche a través de la memoria de Alonso de Arcilla de los primeros caciques que se enfrentaron a los españoles en la zona central de Chile[60].

---

[60] Durruty, *op. cit.*, pág. 59.

Empero, no es indigenista la obra por la sola referencia a lo indígena. Lo es, desde mi perspectiva, al fin y al cabo por la característica propia de la creatividad y las influencias ancestrales —incluidos los colores, olores, texturas, pero también el ritmo, el silencio y el uso de la palabra, con su lirismo propio— que como veremos en el siguiente trabajo, otorgan el sello propio de la literatura indigenista.

SEGUNDA PONENCIA[61]

17 por ciento de sangre mesoamericana o los mestizos en Chile. Poema creado para el encuentro.

Ritmo, Silencio y Palabra

Reconocerse en la literatura como escritor de sangre mestiza a veces implica cumplir un largo e insospechado camino.

Un camino que eventualmente, puede conllevar toda una vida.

Un camino que otras veces, simplemente nos lleva por derroteros diferentes y nos mantiene alejados de esa visión propia. Una visión que en términos de pueblos originarios, es por definición NO propia, ni singular, sino que es común a todos los

---

[61] Primer Conservatorio Internacional de Literatura Indigenista José María Arguedas. 15 de noviembre de 2022. Nombre completo de la presentación: "Como la literatura participa en la discusión de diferentes problemas sociales latinoamericanos". 17 por ciento de sangre mesoamericana o los mestizos en Chile. El problema nuevo de quienes son o no indígenas. Poema creado para el encuentro".

pueblos, a la tierra de todos, a los cielos comunes que nos cobijan, y por ende es asimismo por definición im-propia, no-propia, plural.

La pluralidad, entonces, como la tierra, la de los valles, las planicies y las montañas tiene su ritmo, su colorido, su luz, sus sombras. Sus silencios y sus palabras.

El ciclo del descubrimiento, como todo buen ciclo vital, a fin de cuentas resulta ser circular.

Primero fue el **ritmo**. Esa cadencia melancólica que la soledad ha adobado en las almas de generaciones de americanos.

Una cadencia que se oculta en los multicolores símbolos que atiborran las creaciones artísticas para turistas.

Pero el verdadero ritmo americano es sutil y escurridizo, como breve curso de agua que se desliza entre faldeos desnudos y provocativos de montañas silenciosas milenio tras milenio. Por aquellas serranías corre raudo el hombre observado por el cóndor desde las alturas irremontables.

El **silencio** es el verdadero rey de los desiertos altiplanos y los Andes majestuosos.

A veces el silencio da paso a leves murmullos y quejidos. Es la tierra llamando a la tierra. Es el aire abrazando a las montañas. Porque en Mesoamérica escuchamos el silencio.

Al final fue la **palabra.** Una palabra que nos une, pero no es propia… aunque es nuestra. José Miguel Arguedas, quien nos convoca en este encuentro internacional, se vio enfrentado al dilema del lenguaje. Y siendo el magnífico escritor que es, lo resolvió de manera magistral no solamente incorporando palabras y líricas en quechua en su obra, sino también y en especial aportando la cadencia, la estructura mental y el imaginario quechuas a su obra escrita en castellano, idioma que compartimos en Latinoamérica y que así gracias a este aporte adquiere nuevo lustre y nuevos bríos.

De este modo, el ciclo se cumple cuando la palabra encuentra su ritmo. Para mí la cadencia del texto es lo que lo convierte en literatura. Sin esa música interior del relato, siento que no he sido la escritora que estoy llamada a ser.

Genética Ancestral

Estaba yo allí, inmersa en la palabra, cuando apareció el resultado del test genético.

Fue uno de esos regalos que hacen las buenas y queridas amigas que te conocen bien.

Sin embargo, debo reconocer que el resultado no tuvo efecto inmediato.

No me sorprendió.

Un 14,6 por ciento de sangre mesoamericana.

No fue una sorpresa ese resultado en absoluto. Ahí estaba la evidencia empírica de que mi sangre indígena está. Estaba en mis ancestros y las estará en mí descendencia por los siglos de los siglos, porque soy mesoamericana.

Empero. Sí, empero, no descubría aún su vínculo con mi literatura.

Empecé a ver las señales como pequeños destellos mágicos que me permitían entender mejor mi obra, y en muchos sentidos a mí misma.

Por diversos motivos —esta presentación para este seminario— comencé a releer mi obra pasada. Pero ahora con una mirada más clara, más nítida. La mirada que me da saber y reconocer mejor quién soy. La mirada que me hace buscar conscientemente lo que el inconsciente ha entrelazado en mis escritos desde siempre.

Y mi nueva obra, aquella en la que estoy actualmente, también ha recibido esta nueva manera de ser creada y esta nueva perspectiva de ser entendida.

La Poesía No es lo Mío

Como soy mestiza mesoamericana, un buen día en algún lugar remoto, en medio de una largo viaje en una noche oscura, comenzó a brotar la poesía.

Ya había decidido que escribiría parte de mis presentaciones en este seminario internacional sobre literatura indigenista en clave literaria. Es decir, más allá de la teoría, el debate o el análisis meramente antropológico, sociológico o eventualmente, psicológico.

No tengo ninguno de esos títulos, pero sí soy escritora. Entonces, para mí, lo más adecuado resulta ser expresarme con las palabras que brotan de mi alma, de mi corazón y de mi mente, con el ritmo, el colorido, la luz, las sombras… los silencios y las palabras mesoamericanos.

Aquí, entonces, va mi modesto tributo a este conservatorio, aunque debo aclarar que no soy poeta. Puedo escribir poesía y lo hago[62], pero con

---

[62] "Poemas Impropios" y "Poemas Perdidos", en www.anadurruty.com Otros poemas en www.anadurruty.blogspot.com

bastante pudor, dado que sé que no es lo mío. En otras palabras, que no es lo que hago mejor dentro de mi escritura creativa. Pero, bueno… la inspiración apareció de esta laya y aquí se vierte como corresponde, directo de la fuente al oído inquieto de quien se atreve con la lectura:

17 por ciento

El porcentaje se me mete por el escote
Parece un porcentaje desconcertado

El corazón amaneció frío
un poco tembloroso
afectado por el mal de alturas

El paso sigiloso de unos pies descalzos
irrumpe en la madrugada pálida del semidesierto

La camanchaca besa húmeda la frente del destino
antes de que el chagual abra uno a uno sus
infinitos incontables óculos de planta americana
de raíces ancestrales

El porcentaje se estremece ante tamaña provocación
...

Un pájaro de alas milenarias serpentea en la temprana hora azul amoratada todavía lívida y frígida
...

El porcentaje vacila negándose a claudicar.
El porcentaje sabe. Sabe a pesar de la duda que lo amenaza inescrupulosa y atractiva.
Sugerente. Súbitamente palpitante húmeda tibia.
...

Las estrellas sienten el peso mineral en millones de párpados hinchados de velar noche a noche la interminable noche milenaria.
...

El porcentaje recupera parte de su entereza.
Es una muy pequeña pero valiosa porción.
El porcentaje se arrima a esa nueva ilusión todavía lleno de temblores ligeramente evidentes apenas asomados bajo el pecho añejo.

El porcentaje husmea en aquella cintura
El aroma de la fertilidad impregna el aire matinal
del valle precordillerano.
...

El sol vacila cauteloso en su desnudez de rey
errante de los cielos altiplánicos.
Ningún misterio ha mantenido su secreto
enfrentado al señor de las alturas
...

El porcentaje es frágil y pequeño diminuto en su
radical inocencia
El porcentaje parece ínfimo
pero insuflado como una fiera ancestral destinada
a fecundar
no vacila

Ni claudica
Ni se rinde
Ni se resigna
Hasta penetrar la humedad triste de la obra
que se torna viva palpitante creatura parida entre
estertores telúricos volcánicos en una temprana
aurora arrebolada sobre los mares del oeste

Alumbrada en sangre entre precipicios y nieves
bendita por pumas mansos como alpacas
...

El porcentaje contempla la gloria de su semilla
ancestral

El suave aliento fragante de millares de flores que
brotan en el desierto más árido del planeta
inunda la América Latina desde el Cabo de
Hornos hasta el Río Grande y más al norte aún
hasta territorios donde el porcentaje late en
silencio
en la espera sabia de los tiempos sin tiempo
El porcentaje anhela paciente
la Parusía de la sangre mesoamericana en la
literatura universal.

Mesoamericanos Todos

Hasta aquí la poesía... ahora vamos por un par de disquisiciones más sobre lo mestizo, lo indígena, la literatura y "otras yerbas", como decimos en Chile.

¿Quién es indígena y quién no? Y... ¿Quién determina quién es mestizo o no? ¿Es un 14,6 por ciento de sangre mesoamericana suficiente para decir que soy mestiza? En este trabajo he adoptado un 17 por ciento para no convertir al porcentaje en algo individual. Para volver a la pluralidad. Como un tributo al mestizaje universal de los latinoamericanos. Como una manera de manifestar que todos tenemos ese mestizaje de indio americano y español, aunque debo agregar que en mi caso también tengo sangre italiana e inuit... Lo dice el test genético. No lo he inventado yo, porque en esto la realidad supera a la imaginación... ¿Inuit? ¿Yo, descendiente de los habitantes de las regiones árticas de América del Norte? En fin, al menos ahora entiendo mejor porque prefiero el frío y soy alérgica al calor e hipersensible a la luz del Sol.

Retomando al tema central, surgen muchísimas preguntas en estos tiempos recientes. Preguntas cuyas respuestas muchos nunca se hicieron, o mejor aún, la mayoría de los habitantes de Latinoamérica nunca nos hicimos. Después de siglos de mestizajes, la respuesta parecía bastante obvia y por de pronto, innecesaria.

Pero, esto es América Latina. Este es territorio de incertezas y dudas existenciales que no acaban en la adolescencia de los pueblos sino que trascienden el tiempo y tal vez nunca acaben de plantearse.

Por ende, estamos sumidos en varios países en esta renovada discusión sobre lo indígena y lo mestizo. Un eco de este debate es el dilema de la palabra y el lenguaje, que vimos unos párrafos antes.

En "La novela y el problema de la expresión literaria en el Perú", Arguedas apela precisamente a esta dicotomía que nos intenta poner lo que yo considero una camisa de fuerza:

"¿Hasta cuándo durará la dualidad trágica de lo indio y lo occidental en estos países descendientes del Tahuantinsuyo y de España?"[63].

---

[63] "Arguedas entre dos Mundos", en *José María Arguedas, Vida y Obra*, Grupo Editorial Norma, Colombia, 2009, pág 31.

¿Hasta cuándo? La única respuesta posible a Arguedas en estos tiempos que corren es que no tendremos respuesta ni en esta generación ni en la próxima y tal vez nunca.

Para mí la única salida es la obvia: que el mestizaje obtenga ese reconocimiento explícito que nos acerca a las raíces en los pueblos originarios.

Me refiero, en el marco de este trabajo, al igual que en el poema que acabo de presentar, precisamente a la manifestación y reconocimiento de la influencia de este mestizaje en la obra literaria.

Esta oportunidad de avanzar en la manifestación de nuestra sangre mestiza es una de consecuencias que más valoro de los procesos sociales y políticos vividos en muchos de nuestros países en la última década.

Asimismo me hace sentir particularmente orgullosa ser parte de este proceso de poner de relieve nuestros orígenes mestizos.

Simultáneamente, me hace feliz que en lo que se refiere a mi escritura, esto implique nuevos desafíos, nuevas oportunidad y, sobre todo, más comprensión de mi propio proceso creativo y una mayor lucidez para abrir mi mente y enriquecer el imaginario de mi obra.

NO es Opcional

Para mi resulta claro que en la obra de Arguedas también existe esa inadaptación del mestizo, sumado al asombro —e incluso encandilamiento — ante una realidad física y cultural que se impone sin concesiones y, de alguna manera (o de muchas maneras) altera la percepción del entorno e, incluso, la propia autopercepción.

La autoconciencia que somos mestizos porque es propio de nuestra raza la presencia de la sangre mesoamericana. Y que esta sangre no solo determina nuestro fenotipo, el modo en que nos vemos, sino que signa nuestro ser, la manera en que percibimos el mundo y nos expresamos en la realidad. Esto, dentro del presente análisis, apunta al sello que esa sangre otorga a la literatura.

Cuando se comienza a tomar conciencia de la magnitud de la influencia de lo indígena, se revela fácilmente que la escritura ha tomado su propia ruta y resulta *per se*, por esencia, indigenista.

Lo mágico, el Realismo Mágico, la visión mágica de la realidad, ha sido considerado por algunos autores como una marca distintiva del indigenismo, u otras de sus vertientes[64] más contemporáneas.

Así fue como en la búsqueda y relectura de mi propia obra yo descubrí página tras página esa huella.

"Tengo la esperanza de las orugas. Durante varios lustros una costra de oscuridad cubrió mi cuerpo, ocultando la luz del Sol que brilla allá afuera. Capa tras capa el agotamiento y los malos momentos se adhirieron a toda mi anatomía hasta vendarme los ojos. ¿Tendrán

---

[64] *Ibid.*, pág 15.

las orugas la esperanza de convertirse en mariposas? O sólo será algo que les ocurre, inesperado y terrible"[65].

"Me puse a espantar las polillas de la noche que habían inundado el departamento como una plaga de mal augurio. Como una señal de despedida. Pero a mi me gustan las mariposas, aunque sean negras y aparezcan justo en el momento en que va a abandonar no a un hombre, sino a toda una vida"[66].

Desde mi perspectiva el vínculo se da por defecto. Por causa natural. Ser escritor mesoamericano conlleva tener una visión hipersensible de la realidad, que de este modo se torna llena de texturas, colores, olores... es decir, se torna mágica. Se vuelve poesía, aunque sea narrativa.

"Victoria fue transformándose en una mujer dulce como el dulce de leche que hacían las criadas con crema fresca, y feroz como una

---

[65] Durruty, Ana, *Mudita*, Amazon, 2020, pág 95.

[66] *Ibid*, pág. 100.

*intoxicación con vino añejo de la cava
guardada en las bodegas de la casa"[67].*

Al finalizar esta ponencia, no puedo dejar pasar la oportunidad de rendir un nuevo tributo a Arguedas, que nos ha regalado tantas imágenes bellísimas en la abundancia de la lírica del Realismo Mágico que recorre su obra:

"El limón abanquino, grande, de cáscara gruesa comestible por dentro, fácil de pelar, contiene un jugo que mezclado con la chancada negra, forma el manjar más delicioso y poderoso del mundo. Arde y endulza. Infunde alegría. Es como si se bebiera la luz del sol"[68].

Porque para la literatura indigenista la poesía no es opcional, y eso lo vivía y expresaba con perfección José María Arguedas.

[67] Durruty, *El sueño...*, pág. 106.

[68] Arguedas, *op. cit.*, pág. 210.

TERCERA PONENCIA[69]

El indigenismo en la formación de la identidad de la literatura latinoamericana. Cuento creado para el encuentro en este contexto.

Lo Nuestro y lo Prestado

Supongo que en algún punto del debate se encuentran enfrentados "indigenismo" y "mestizaje".

Los expertos en este tipo de lenguajes y disecciones llegarán probablemente a la conclusión de que mi literatura no es indigenista y probablemente tampoco mestiza.

Pero más allá de los purismos de las definiciones estrictas, yo tengo el derecho a manifestarme en un sentido u otro, o en ambos, respecto de mi literatura. Y yo digo que mi literatura por la

---

[69] Primer Conservatorio Internacional de Literatura Indigenista José María Arguedas. 16 de noviembre de 2022. Nombre completo de la presentación: 3. El indigenismo en la formación de la identidad de la literatura latinoamericana. Barroquismo y cosmovisión latinoamericana. Cuento creado para el encuentro en este contexto.

estridencia del imaginario es indigenista y por la temática es universal, es decir, mestiza como toda la especie humana en esta etapa de la evolución histórica en un mundo globalizado. Y ciertamente, desde mucho antes…

En esto de las autodeclaraciones, José Miguel Arguedas, el escritor peruano que nos convoca en este seminario internacional, tomó una posición clarísima.

> *"¿Y por qué llamar indigenista a la literatura que nos muestra el alterado y brumoso rostro de nuestro pueblo y nuestro propio rostro, así atormentado? Bien se ve que no se trata solo del indio. Pero las clarificaciones de la literatura y del arte caen frecuentemente en imperfectas y desorientadas conclusiones"*[70].

El Relato

Cierto temor me recorre al momento de sentarme a escribir un relato para este especial encuentro. Por muchas razones. Pero esencialmente porque

---

[70] *José María Arguedas, Vida y Obra, op. cit.*, pág. 39.

será juzgado como intento de abordar la escritura indigenista desde un ángulo de análisis que se asienta en cierta ortodoxia indigenista, valga la redundancia.

Mis preferencias al momento de escribir van por el lado de la libertad creativa y el llamado de la palabra, donde una palabra convoca a la otra para crear realidades previamente inexistentes desde este ángulo de visión. Por ello algunos afirman que tengo un imaginario propio. Creo que ese imaginario fluye naturalmente en mi imaginación y se vincula, y vincula, lo indígena con lo ibérico de manera espontánea.

El mayor lazo probablemente se da en la visión real-maravillosa que los neoindigenistas han hecho suya[71]. Misma perspectiva que uso Arguedas para situar su obra dentro de la corriente del Realismo Mágico en la narrativa hispanoamericana[72]. Esa belleza particular de lo mágico, que yo denomino hiperrealismo.

---

[71] *Ibid.*, pág. 15.

[72] *Ibid.*, Pág. 9. Entrevista de Arguedas con Tomás Escajadillo: en *Cultura y Pueblo*, número 7-8, julio-diciembre 1965, p. 22.

Para mejor ejemplificar esto, de mi obra "Luna de Burdel" he escogido el comienzo y el final de un relato anclado en mis amados valles precordilleranos del norte de Chile:

"*Dos veces chocó el jilguero contra el ventanal. Era una pequeña ave en sus primeros y atontados intentos después de salir del nido en la primaveral tarde de octubre. Su pecho amarillento brilló como el oro iluminado por el sol y en su vuelo apremiado podía presentirse el palpitar del diminuto corazón al borde de quedar paralizado por el pánico.*

(...)

"*Más tarde, mucho después del almuerzo, el té de las cinco e incluso la cena, cuando la noche cayó sobre el valle y cubrió el pueblo de Sotaquí, la Muerte se detuvo a mirar por la ventana, y observó la plumita de jilguero que había quedado frágil y leve sobre el marco de madera. Tomó la señal entre sus huesudos y sabios dedos y siendo la medianoche exacta la depositó con sumo cuidado sobre la frente arrugada de la anciana"*[73].

En otras palabras, no acostumbro a buscar variantes específicas para expresar determinados tópicos con intención indigenista, aunque, insisto, estimo es algo connatural —por así decirlo— a mi obra, por estar desde antes, desde siempre, en mi propia sangre mesoamericana.

Por ello me resulta un poco ajeno forzarme a escribir un relato en clave indigenista. O, en realidad, cualquier otro pie forzado respecto de estilo o temáticas literarias.

Pero ni el temor ni la dificultad de salir del área de confort me impedirán escribir un relato especial para este encuentro que, esencialmente, es literario. Es decir, no es una convocatoria de antropólogos, sociólogos, etc. insisto. Es para mí, una oportunidad, de enfrentar este desafío de participar en este seminario haciendo un aporte. O intentando al menos realizar ese aporte, desde mi propia creatividad como escritora.

---

[73] Durruty, Ana, *Luna de Burdel*, Fondo Editorial Municipal Víctor Domingo Silva, Corporación Cultural Municipal de Ovalle, Chile, 2017, págs. 122 y 123.

Entonces, ¿qué debiera encontrar el lector en el siguiente relato?... Cuéntenme ustedes, lectores, qué descubren...

Piunkiñú

Literatura versus sociología. La verdad me importa un carajo. A mí me importa un carajo. Pero a ella no. A la Piunkiñú se le va la vida en la discusión. Hace rato que el reloj pasó de las doce de la noche y la madrugada que se avecina no le hace mella mientras entre copa y copa despelleja sus ideas como si fueran carnes recién faenadas, prestas para el descuere y la parrilla.

—...que no eres india, mujer que eres mestiza.
—¡Qué no se puede ser mestiza, si no se es india! Y yo elijo la sangre de mis ancestros amerindios!
—No tienes que elegir...
—Es que yo quiero y yo elijo.

Mientras el silencio va ganando terreno y el aire comienza a alivianarse como un velo pálido, las dos contemplamos la Luna amarillosa avanzar rumbo al amanecer, destinada a morir como cada noche, desde antes del tiempo y la memoria humanas. En cualquier momento desaparecerá allí entre las altas cumbres impertérritas, frías con su aliento de viejas. Y nos dejará aquí ante un nuevo día, como tantos que no queremos enfrentar.

Los tiempos que corren no son buenos. No tan malos, pero en absoluto buenos.

Me detengo a observar una imagen del Sagrado Corazón de Jesús que no había visto antes, pero es evidente que lleva décadas en la pared sucia de ese rincón oscuro de la casa. Es una casa antigua, que huele a jabón barato, cenizas añejas y humo de eucaliptos.

Piunkiñú no sale de su silencio. La miro con detención para asegurarme de que no está durmiendo con los ojos abiertos. Me devuelve una sonrisa con los ojos. Prefiero no preguntar por la imagen religiosa, a fin de cuentas la casa no es suya. Pero estoy casi segura de que ella vio también la estampita.

Si menciono al Sagrado Corazón comenzaremos una nueva conversación, sobre el mismo tópico. Indigenismo y literatura. Ahora con el agregado del legado religioso, y por ese derrotero podemos estar otro día entero discutiendo. Para aclarar las cosas, soy una buena botánica así que la discusión estético-filosófica me resulta incómoda, más aún si se sumerge en la vertiente étnico-antropológica. Pero Piunkiñú usará estos nuevos tópicos para profundizar en su búsqueda personal de identidad. Y, cómo no, en la mía también.

Algunas personas son tan fuertes que aunque les corten todas las ramas sobre la superficie, sobrevivirán mientras tengan raíces bajo la tierra. Algunas personas, no importa lo que ocurra van a sobrevivir, sacando fuerzas de flaqueza. Obteniendo un motivo para batallar en su propia debilidad.

Yo no era ese tipo de personas. Piunkiñú es de esa laya de humanos. De los invencibles. De los que no se rinden. De aquellos que dan todas las batallas. Y la mayoría de las veces las ganan, ya sea por destreza o por pura tenacidad y perseverancia.

Si yo fuera una planta probablemente sería una añanuca, amarilla, rosada o roja, pero de hojas débiles y un poco lánguidas. Obviamente, una planta, atada a un bulbo casi sin raíces, destinada a sucumbir cuando arrecie el calor a medida que avanza la primavera. Destinada a morir ante la primera falta de cariño o la primera pérdida de un amor que en los primeros tiempos sentí que era para siempre.

Cuando él me dijo "no me gusta ser débil. No me gusta la debilidad…" Me quedé en silencio mucho rato porque eso lo puede decir solo quien es fuerte. Y yo no lo era. Yo no lo soy. Y, por lo tanto, él nunca podría amarme.

Sentí la desilusión desplegando su tristeza frente a mis narices. Sentí la pérdida aún antes de. De cualquier cosa. Nunca había conocido a alguien así de fuerte, pensé también.

Por eso mi amiga me había arrastrado a este viaje.

Un viaje largo. —"Un viaje a las raíces", en sus palabras.

La travesía hacia este valle perdido en las montañas de Los Andes chilenos comenzó en Londres varias jornadas antes. Piunkiñú se quedó dormida antes del despegue del avión. Mientras la enorme máquina encendía los motores pensé que era la primera vez que podía comparar el sonido de un terremoto. El presentimiento. El ronroneo de la Tierra amenazante. La expectación. Pero sobretodo el sonido. Y ahora arriba de ese enorme pájaro de aluminio y acero, el Airbus A380 de dos pisos, lo podía explicar. Comparar. Pero al mismo tiempo, no podía. Él había silenciado mis palabras. Y luego mi corazón.

Pero durante la travesía mi mente no deja de divagar. Y cuando ya se acerca el final del vuelo. Cuando tras horas que parecen interminables flotando en la nada, con el aire arriba, abajo y a cada lado. Cuando lo único que deseamos es que el vuelo termine. Tenemos entonces esa sensación difícil de explicar y es que al mismo tiempo no queremos que termine. No por miedo al bote o al rebote del aterrizaje. No. Es que nos invade una nostalgia de lo transitorio, de lo íntimo, de los uterino. De alguna manera no solamente hemos estado en un avión detenido en el aire, también hemos sentido el tiempo detenido y la vulnerabilidad de un lugar en que subsistimos por milagro. Por puro milagro de la mente humana que ha logrado lo imposible... que los humanos vuelen incluso más alto y más lejos que las águilas y los cóndores andinos.

El vuelo se transformó en filas de aeropuerto y nuevos aviones, taxis en la ciudad, bus intercomunal desde la capital y rústica camioneta de segunda mano en la ruta hasta Pichasca, en el corazón del valle de río Hurtado.

Pronto, allí en las alturas andinas, me di cuenta de que cada vez me parecía más a la mujer de sus sueños. De los sueños de él. El problema es que no era yo... No era quien me gustaba ser a mi misma.

Tal vez a fin de cuentas, él tenía razón y yo no quería ser una pareja. Yo quería ser independiente. Un individuo. Pero más importante, quería ser amada por mi misma, no por tratar y lograr o no lograr ser otra persona. Más bien otra mujer, una mujer diferente.

Tengo mucho sueño antes de ir a la cama.

Sin embargo no quiero ir a dormir en este momento. Piunkiñú tiene los ojos entornados.

Siento el peso de mis párpados que se achican minuto a minuto. El cansancio de días largos me está pasando la cuenta.

Días de viajes, de largos silencios e interminables conversaciones, para venir a dar aquí donde resulta más patente mi debilidad y esta soledad infinita que no se aburre de ser mi compañía. Bajo la cremosa luz de la luna las montañas se ven mágicamente majestuosas y parecen dispuestas a revelar sus secretos… ¿alguna tendrá la respuesta para mis angustias?… Si no encuentro la respuesta aquí, tan próxima a las estrellas y el cielo, no veo fácil hallarla en otro lugar.

Estoy tan cansada y somnolienta que no deseo ir a la cama para descansar. Me da pereza levantarme del sofá para arrimarme a la cama.

Piunkiñú ya ha reinstalado en mi mente la mayor de las preguntas. Aquella que deriva en muchas más cuando somos adolescentes. Lo que hace más inconfortable todo esto para mí, es que ya los 16 años han quedado atrás no años sino décadas atrás, y al acercarme al medio siglo me incomoda cuestionarme ¿quién soy? ¿De dónde vengo y adonde voy?… Las preguntas lucen como una tentación anacrónica o una jugada sucia de la vida. Sobretodo de la vida que he vivido y que parecía completa, con mis dulce hijo y mi nieto en camino…

La nuestra no es una de esas historias de mujeres. De las que se hacen amigas en la preparatoria y no se separan nunca más en la vida. Nosotros nos conocimos en medio de un debate en la universidad… comenzamos a hacer proyectos juntas y no nos separamos más. Desde entonces han transcurrido tres décadas, pero parece que fuera ayer.

Poco después empezamos a hacer investigaciones sobre la flora nativa. De ahí saltamos a seminarios internacionales y presentaciones sobre especies en peligro de extinción. Por eso llegamos a las montañas, persiguiendo a unos cactus cada vez más elusivos. Pudo haber sido cualquier parte en las serranías del norte chileno, pero Piunkiñú eligió este pueblo porque siempre anda en busca de sus raíces. Para ella no sólo las cactáceas son huidizas. También para ella la identidad es parte de la búsqueda en estas alturas andinas.

Y aquí estamos juntas y en silencio. En la alborada de un nuevo día en estas montañas enormes, familiares y amenazantes al mismo tiempo, como nosotros, como viejas amigas.

Ella sigue despierta. Yo me voy a dormir en cualquier momento.

Camanchacos

Antes de concluir esta presentación —tercera y última en este encuentro internacional— deseo compartir algo que llevo desde hace unos buenos años sobre mi conciencia de escritora. Una vez que finalicé la escritura de "El sueño de la leona" y la obra fue publicada, quise bajar a la costa chilena, literariamente hablando. En esta novela había realizado un viaje por muchos siglos para mostrar mediante la ficción un mundo que me fascinaba y me fascina, desde las profundas alturas de las montañas de Los Andes.

Sentí que ahora debía, en efecto, plasmar la otra esencia de lo originario en nuestra relación con el mar que nos resulta usualmente más hostil que benigno.

Comencé el proceso creativo de otra novela — "Puerto Oscuro"— que atraviesa varias generaciones y siglos… Pero, no he sido justa con esta obra que es propiamente indigenista, o pretende serlo, sin reparos, pues aborda la vida de esos primeros habitantes que llegaron a las costas del sur del mundo en los albores del poblamiento de América, desde esos orígenes hasta nuestros días, los camanchacos.

Quiero reconocer en este seminario un nuevo impulso para retomar esa escritura. Por ello estas tres ponencias, serán recopiladas en un nuevo libro, que pronto estará también disponible en Amazon, con el título tentativo "Escritora Mestiza".

Para terminar, quiero compartir con ustedes que ya está disponible en Amazon la versión digital de "Antipódica", mi última obra, que recopila relatos que abordan dos temas, la pandemia de Covid y el hecho de ser una escritora, precisamente, de las antípodas. De los confines del mundo. De esta Latinoamérica remota y ancestral.

Muchas gracias

ANA DURRUTY

Ana Victoria Durruty Corral (Ovalle-Chile, 1962). Titulada periodista por la Pontificia Universidad Católica de Chile. MBA de la UNAB. Maestría en Psicología Holística y en Coaching Personal.

Escritora, editora, blogger e influencer.

Autora del libro de relatos *Cínica* elegido por el Centro de Recursos del Aprendizaje del Ministerio de Educación de Chile. Ganadora de un Fondo de Creación del Fondo del Libro por su novela *El sueño de la leona*. Ganadora del Concurso Víctor Domingo Silva 2018 con el libro de relatos *Luna de Burdel*. En 2020 publicó la novela *Mudita*. En diciembre de 2022 presentó el libro de relatos breves *Antipódica*.

Es madre de seis hijos.

ESCRITORA MESTIZA
Ovalle, enero 2023

Made in the USA
Middletown, DE
27 February 2023

25308267R00052